目錄

真假唐捐

唐捐登出了唐捐的臉，偷偷登入他老婆的臉，去偷看他老婆的朋友們的臉。臉臉相覷，十分有趣，知所不知，悟所不悟，遂盡興而歸。一旦登出老婆的臉，他竟無法登入自己的臉。銀屏悄悄，若有聲曰：

「不是這個唐捐嗎？再試試。」

乃輸入「唐捐」，按「搜尋」鍵，啊，999種各式各樣的唐捐的臉，紛紛湧現──超唐捐、爛唐捐、假唐捐、銀唐捐、豬頭唐捐、美少女唐捐、沒卵唐捐、白目唐捐、奧賽唐捐、蔡帥唐捐……。

啊，攏係GAY，攏係GAY，唐捐丟臉了，唐捐臉丟了，唐捐丟了臉。喔，唐捐已回不到唐捐。

2012/06/24

爛人召集令

　　「爛人召集令」發布的那天，你我都坐立難安。易裝回到神祕的廣場，我看到：那麼多親愛的爛人同胞從潛伏的人群裡脫身，魚貫而來，上繳他們爛掉的器官。

　　有人遞出微殘的腦，破康的心，有人捐出浸泡著靡靡聲色的眼耳鼻舌。而我繳交的，是一顆爛如桃李的左膀胱（且領回一筒七龍珠）。正要退場時，我遇到你。

　　啊，戀人，你也是爛人嗎？你也是神祕的爛總部（及其附屬的擺爛支部、睹爛分隊、靠北特遣小組）安排在人間栽培爛器官的噁心芭辣爛人嗎？

　　你也像我一樣，有著不為人知的爛處（並且持續努力擴大其靡爛，爛完了又再爛）的爛人嗎？

2013/05/08

有風景的
謝辭

太陽被雪包裝起來，仍給我微光；
像冷藏的橘子，忍不住甜且香而酸。

我的身體是我自己。你的，卻不只。
我總聽到蜂的嚎叫，而狼在釀蜜。

堆肥的土屋崩潰了，棄花才開始——
謝謝你這些年來，為我製造的孤獨。

2013/08/2

丁丁集

1. 抱歉

如果我的帥讓你感到難過
請容許我代表我爸和我媽
向你鞠躬說
抱歉

2. 您好

就算你集滿了人間所有的
醜和惡，無比機車
我仍將執拗地說
嗨，您好

3. 好青年

請別用網路霸凌丁丁
別讓丁丁不開心
丁丁是好青年
雖然媽媽金的沒醬說

4. 有禮貌

丁丁最有禮貌，他愛說：
你好
你爸媽好
你老師也好
你老闆，你公司，你政府都卡好

5. 出來了

世界正在爛掉

打開電視

丁丁仍在說：

太陽出來了，科科科

6. 太陽黨

迪西說：太陽出來了

拉拉說：太陽出來了

小波說：太陽出來了

科科科，科科科……

7. 拜託

不要給賴神造神

不要說金城武是男神

不要叫一些有的沒的是女神

但您不妨叫我丁神　　（謝謝）

8. 晚安

今天寫了 8 首詩

每 1 首都是好詩

我深深感覺我的辛苦

以及您的愛讀

9. 補充一點

我再不去睡

我媽會罵我白目

但那確實是我的天賦

晚安，很高興為您白目

10. 丁丁教你寫詩

寫詩不要押韻，但必要時可以

最後一個字不要重覆，但必要時可以

不要說別人說過的話，但必要時可以

也不要學我白目，除非您真的很白目

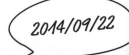

2014/09/22

奧梨仔頌

雨中的菓園，誰在默默變甜
且變軟。我讀一本書，微微
扭動，有著蟲在梨裡的舒爽

梨，你是奧的，我想我知道
香味如悼，猛於揮霍的赤裸
啊，我愛你過於盛妝的蘋果

頹然盛世。疲人讀儃書至死
唉，驕蟲與奧梨同朽……。

2014/01/11

【附記】此詩應崔舜華之邀，步趨波特萊爾《巴黎的憂鬱》的〈跋詩〉，並收入新雨出版社新刊譯本中（二〇一四年十月）。

2014/03/29

銀白肉的母巴黎

　我貪腐您從您最

　　陰濕處萌出的肥

　　　美之鮮花像一棚

　　　　絲瓜纏我纏我以

　　　　　女蜘之藤蔓及彼

　　　　　　金黃燦爛花充實

　　　　　我充實我以男蛛

　　　　之縣長微絨瓜您

　　　燦時最美爛時最

　　　　香傲慢如地獄浪

　　　　　蕩如天堂爽我吧

　　　　　　爽我以您嫩的乳

　　　　　　　老而辣的，喔，傷亡……

我為自己
掙得一顆心 【效孫梓評】

汝是橘色小陷阱，俺狼過，脫出一道血痕

作為草船的汝的身——

萬箭齊發的俺的蠢動的心

俺用第一桶金換得人生的第一桶漬

汝是暖暖春江水，俺鴨過，躞上暗藏爽痕

下回汝啃東山鴨頭時——

請想起俺

俺曾為汝到監理站報廢自己的人生

汝是多情大鐵鎚，俺貓過，膚如鈑金凹痕

鐵石心腸上了烤漆後

居然如新

想強化冷媒，請來信訂購俺貓一樣的笑聲

2015/02/27

無敵知識王

1. 啊，冷霸摳

誰在自己的外套口袋裡發現了卵怕哭？

歐陽菲菲

歐陽珊珊

歐陽妮妮

歐陽娣娣

2. 喔，三億男

請問下面，隨是三億男？

三億鐵工廠的老闆

你的高中同學蔡三億

COCO 姐 CALL 的那個人

卵泡多一顆的土霸王

3. 嗯，挑釁我

你今天奇檬子不好，是因為人家說你……？

    弱

    醜

    黑

    小

4. 看，知識控

我應該如何寫一首叫做無敵知識王的詩？

    喔，知識像毒藥……

    喔，知識是哀悼……

    喔，知識真好笑……

    喔，知識像屎尿……

2015/04/12

囤積樂

A

眾人氣味的置物櫃

俗稱「俺的肺」

無人看管的菊花哦

囤積了多少陌生人的淚

B

目盲是因為飲了大量影片來止渴

舌癱來自 bj4 的反撲

積久不退的愛

將造成心的重傷害

C

鬼蒐集點數以成為神

心在囤積慚愧

以兌換「悔」

俺一點一滴囤積俺自己，成為俺老背

2015/05/03

七傷篇

家庭會傷人

三人成虎
啊，來，我們
來照一張全家虎

從基層幹起

閻董跟牛頭說：
好好幹吧你
幹到 B18，你就可以下班了

退伍紀念日

在 104 人肉銀行
我存入一副好嫩的心肝
一年又十個月後，領回半碗豬肝湯

工讀生說

鬼開完會

我正在洗刷

祂們殘留的笑聲

肉搜我

我願我是

土裡最肥美的蚯蚓

作鬼作怪。請雞們狠狠的肉搜我

蓮花指

身為蟻類，我將不會被時代的巨輪輾死

怕只怕，妳的

蓮花指

大腸包小腸

我心寒時，螢火即太陽

豬走過窗前

我正恬不知恥地吃著大腸包小腸

2015/05/26

別通知我

今天是誰的生日

我將不給予這太過豪華的世界（以及上面的人）

太過簡單的祝福

今天，我恰巧厭倦了——

（虛擬的）快樂，幸福，蛋糕，鮮花，蠟燭……

在以夢為畜的時光裡

我不願是牧馬的王子，情願是養豬戶

2015/07/11

阮公欲死

👍 讚　💬 留言　➡ 分享

有交待

後宮真煩傳

我要做遠方的忠誠的兒子

和物質的短暫情人

———海子〈祖國（或以夢為馬）〉

詩歌皇帝和他的后妃們

（意象、韻律、情感，還有超正的主題……）

在那深不可測的

宮闈裡（自登基以來）

反覆展開一對多的，啊，伊於胡底的周旋

在物質閹人們（抽掉電晶體的老 TV，

引擎故障的舊汽車，沒有喇叭的 radio 以及行將報廢的電腦……）

的百般伺候下，日子就像

新竹貢丸香Q、多汁

而飽滿

2013/10/03

但在那種深不可測的幸福裡，為何
漸漸透出一種
與詩歌並不相合
的繁縟、勾鬥與糾纏（美說了愛的壞話，
和平與夢想聯手，整死了光榮⋯⋯）

「唉，」詩歌皇帝說：
「後宮真煩！
朕寧退位，去做
野狐禪，怕只怕皇額娘
及千千萬萬忠誠的子民們不然！」

痛史

論我的新詩為何退步了

嗟我太祖，崛起畎畝

以恨為根，茁壯於

孤獨。作山寨文

賦海盜詩。引咖啡

灌胸間良田萬畝

攜白酒滋喉中明珠

披錦袍，朝發玉門

帶寶刀，夜追匈奴

無仇不復，有情必抒

歷百千爛仗，收五四

異族。騁意氣

狂且痴；發暗中

之幽光，行無血之

大戮。版圖日以闊

乃定都於痛苦

國號曰：「楚」

（蜉蝣之羽，衣冠楚楚；心之憂矣，於我歸處。）

極痛以來

年產白米萬斛

織奇言怪語成豪華之黼黻——

痛而芝蘭滿室，痛而珍禽異獸競走

痛而龍在池，珠玉在握，美人在床

痛而日吞仙藥百顆，年斬御醫千隻

痛而埋三良，射四皓，燔聖典，坑腐儒

——啊，痛得如此金臂輝煌

不可一世

歎天命無常，光影傾軋

自蚱哭蜢笑王子依靠臉書

篡位為主，民漸幸福——

不痛，愛笑，無詩

噫，國衰矣

將傾覆

2013/11/15

赫啦赫啦
反進行曲

我現在要出征，我現在要出征，我麗人要同行，唉！我麗人要同行。

你同行決不成，我現在要出征，我若是打不死，我總會回頭來看你。

倘敵人不來欺負，我怎會離開你，但全國每個國民都需要靠我保護。

我所以要出征，就因為這緣故。再見！再見！再見！赫啦赫啦赫啦。

——作者待考〈我現在要出征〉

A

輪到我出賽了嗎，團長！

　我──新宇宙戰鬥團的超級新人──將為熱血闘魂而戰（抖）！

　　在擂臺上把人攉倒，或者，被擠出賽來──

　　　啊，真誠的賽，從我心深處再深更深一點之處

　　　　被被被擠出來了！團長，我出來了！我真的出來了！

　　　　　（每個國民都需要靠，我保護，而我需要你，麗人。）

這一次我出賽，便再也不出了。彷彿此身

最後的一次出擊。像肉體在驅逐靈魂

我感覺得到，腦髓沿食道腔腸進入白磁塘

我在用力，一次出得乾乾淨淨──赫啦赫啦赫啦。

B

麗人，先回去吧！
　你餵給我的菜和愛，我會帶著去出賽！
　　那些可愛的妖魔鬼怪，那些待打擊的善人以及
　　　打擊我的惡棍，已在遠方等我了。喔，麗人
　　　　你同行決不成，阿我又不是去西班牙旅行

麗人，我養的電子狗，請記得按三餐養育
我的摩托車、彈簧床、我搜集的小小兵
千萬別借給別人。喔，麗人！
我若是打不死，我總會回頭來打你
（啊，愛是鞭笞──赫啦赫啦赫啦）

C

賽，使我獲得了什麼？

麗人，請捫心自問，狂拉猛洩使我們獲得了什麼？

「哭」給我們提供了淚，「寫」讓我們取得詩，而「烙」呢？

喔，烙使我們延續了賽。通過大大小小的賽事

我終將抵達 IWGP 冠軍賽

啊，賽，使我失去了什麼？

麗人，請捫心自問，狂拉猛洩使我們失去了什麼？

「哭」叫我們失去了淚，「寫」叫我們失去字，而「賽」呢？

喔，賽就只是為被烙嗎？樂莫樂兮抱麗人

悲莫悲兮去當兵，赫啦赫啦赫啦

療傷不止痛公司

烹羊宰牛且為樂，會須一飲三百杯。──李白：將進酒

好在沒有殺到我，埋頭狂吃海鮮餕。──豬不詳：倖存者日記

A、豬和牠無效的辯辭

在殺豬取卵（豬說：我又沒有）

的夜裡醒來。揭開瘡疤，聽它們

大聲地朗誦：「鹽呀，鹽呀，給我一把鹽呀！」

於是就有了鹽（灑在傷口）、痛以及吱吱叫

啊，那一種殘酷得近乎爽快的吱仔冰吱仔冰的鬼的哀嚎

聆聽一百個傷口無止盡的合唱與互詰

我係悲傷的（豬說：干我屁事？）

所以我必殺豬以取卵，取卵以療傷（但不止痛）

療傷以平息這千瘡百孔的地球表面（豬說：我又沒有）

像一個百戰不死的摔角選手

烹羊宰牛且為樂，殺豬取卵

（我知道你沒有），以療傷

B、療傷不止痛公司的廣告辭

歡迎光臨，受過傷或將受傷的地球人哪

敝公司將本著對症如對獎的精神，與您

同在——痛是好的，而傷不對。因此

我們療傷，但將擴大您的疼痛

我們暗爽，而使您得內傷

在百科全當之際，請進來！敝公司將

與您同在，在戀人紛紛退場的夜裡

請進來！讓我們陪您一起收割

稻仔尾上纍纍的悲哀

往事一種：
兼悼阿河

我的心上人曾經

從我的胸腔掉入我的腹腔

——那天夜裡，我很用力但似乎沒有順利排出⋯⋯

　　　　　　　（雖然有聽到撲通一聲

　　　　　　　　　但不能確定跌落的

　　　　　　　　　　　是她，還是她

　　　　　　　　　　　　騎過的那顆

　　　　　　　　　　　⋯⋯⋯⋯⋯⋯心。）

【昨日，我聽聞阿河的肺掉入腹腔，忽忽有了與牠成為病友的歡欣。
虛胖的貨櫃車啊你疾馳於公道九號，要去向何方。——啊，要去向何
方，我的有病的肉身載著我的心。——在那幽閉的恐慌裡，河馬衝出
貨櫃車，肺衝出胸腔。牠的五克拉的眼珠分泌了三盎司的水戻，我的
心遂分泌了白白的心情⋯⋯。】

心，

請歸來！

歸來你久居的胸腔

我手按小腹，將你輕輕往上推

（感覺自己一夜胖到 1190KG ，有著重量級的

悲哀。）肥厚的肺喔，請回到阿河的胸腔

在肋骨傷殘的包覆下腐爛

【魂兮歸來，回歸你旱澇無常的母土──人間最歡快的火宅大地，

與鱷相妨礙（卻假裝相愛）的小池，喔，你陌生的黑色大陸。明

天，我也將帶著我回到原位的心和肺去上班，假裝牠們從來不曾流

浪……。】

2014/12/30

A、摩登女形

菲夢絲的摩登女，你穿高更鞋和粉紅小納庫，

帶著儲滿愛液的膀胱走來——

眼窩裡有鳥，褲襠裡有魚，心臟裡有鬼，

皮包裡有滋陰保腎丸和教戰手冊，

你的九陰白骨爪使我靡委人蔘突起來突突突起來啦——

（家鄉的阿母喔，汝有平安否？百科全輸的阿難，猶原真勇健耶耶耶）

菲夢絲的摩登女，你穿高更鞋和粉紅小納庫，

帶著儲滿殘羹的胃囊走來——

你的眼裡有頹靡的肉的風景，

肛裡有屁，屁裡有微言大義。

嘴裡有邪聲積成的唾液。而我心裡眼裡膀胱裡，祗有你……

B、超展開の愛

愛情之上將，某大學堂之七等兵——

阿難云：

我愛摩登格爾眼。愛摩登格爾鼻。愛摩登格爾口。愛摩登格爾聲。愛摩登格爾腐敗的肝和肺和心。愛她的九陰白骨爪。愛她的吸星大法門。她虛假。她冰冷。她奧料，她呻吟。她腐敗到地下十八殿。她病到人間第九層。我愛摩登格爾不可思議之行步。愛摩登格爾眼中淚。愛摩登格爾鼻中涕。愛摩登格爾口中唾。愛摩登格爾耳中聹。愛摩登格爾身中屎尿。愛摩登格爾假的笑，真的脂粉，超機車的人生……。

C、賣肝者言

碰柑肥

奧梨香

絲瓜軟

摩羅美

紅襪強

阮公欲

死有交

待啊汝

欲仙時

莫輕爽

【附記】佛言：「汝愛阿難何等？」女言：「我愛阿難眼，愛阿難鼻，愛阿難口，愛阿難聲，愛阿難行步。」佛言：「眼中有淚，鼻中有洟，口中有唾，耳中有垢，身中有屎尿皆臭處，其作夫妻者，便有惡處中便生子，有子便有死亡」死亡有哭淚，此於身有何等益？」女即自思惟，惡露形中，所有正心，則得阿羅漢。佛語：「女起至阿難所。」女慚愧低頭，長跪於佛前言：「實愚癡故逐阿難，今我心已開，如冥中有燈火，如乘船船壞得岸，如盲人得扶，老人得持杖行，今佛與我道，我心中開如是。」

——《佛說摩登女解形中六事經》

2015/01/02

我愛羅

1

我愛羅而羅，並沒有愛我──
那些年，她愛過沈、詹和周，
但就是沒有愛過，一點點劉。

你知道盲目的貓，仍要捕鼠嗎？
你就會知道，為什麼我要愛羅。
雖然有魚，和幸福的貓罐頭。

多少年：過去了。最近我還偷偷
追蹤羅的臉書，凝視四十五歲的她。
想著當時，或許而今，我愛羅……。

2

我愛羅。啊,她頸上的痣,厚嘴唇
以及梔子花的氣味。無間斷傳來
從遠方的蘭潭,十七歲之午后

羅總是有男朋友,但不包括我。
雖然她曾在七彩噴水池畔,鄭重說:
「我確定,你是我一輩子的朋友。」

我愛羅。她曾經越過六十里的山路
駕車到山坳村落來看我,那時我
已有幸福的家。而她眼裡有憂愁

3

鯨向海,蛾撲火。風入松,我愛
羅。刀上蜜,唇間鹽。貓向隅,
神住口。鳥投網,魚吞勾,而我

……愛羅。

2014/11/26

靠爸集

1

十八歲出門遠行……
就感覺自己不行

（那時也想回家靠爸
但媽說，你要硬起來）

啊，焉得天下奇寶
軟蟹甲（爸，罩我）

誰若打我
誰就痛到回家抱媽媽

2

爸，我回來了。看您
軟趴趴靠在破落的病床

我，遠離您。才發現
有爸（可靠）的孩子像帝寶

我靠，近您。卻了悟
靠爸爸會倒，靠妖，妖會笑

媽，請強化我的資本門（和經常門）
明天我還要出門

3

爸死了，留給我
輝煌的精神遺產和一屁股債

（每個人都活在自己的三代
——爸和他爸，寄居蟹著我）

我到法院，拋棄繼承權
深深感到靠爸的危險

彷彿在無君無父的城邦
忽忽有了禽獸般的舒爽

2014/11/30

【附記】《孟子》：「楊氏為我，是無君也；墨氏兼愛，是無父也；無父無君，是禽獸也。」

連體嬰

I

神焊接了余和我和俺的肉體
我們是三肉一體的連體嬰
有生以來，就在狹小國度裡
展開無盡的齟齬、抗辯與鬥爭

II

貓是王道
是魔考，是你老師卡好
（你不可能通過那氣味體溫色彩與線條而抵達一座墳、酒館或廟）
在放縱，在假惺惺問好
貓在哀悼

牠是連體嬰
自備小刀

III

我們自卑、中庸且驕傲
像佛那樣殘忍
像魔這樣笑
如貓亂叫

我們是機車、古甕與怪獸
的合體。內戰之國
紙包得住火
不漏尿

IV

無人能拯救生民於木水火，於地球上之宗教衝突
與乎爆破、協商、恐怖行動與逮捕
仰世界即俯世界即側世界

地球乃一連體嬰

V

醫生私吞了此間唯一的手術刀
我們切開我們自己
像切開蛋糕

笑，且流血
從余和我和俺
之交集處，掉出一顆櫻桃

2015/01/28

孝男為母買麵記

A

孝男騎他的小綿羊去買麵

在陰雨綿綿的星期天

殺千刀的酒駕男

眼看就要毀了人毀了綿羊毀了這碗麵

其車不忍

乃自剎

曰：「此孝男也，不可輾，輾則必遭天譴。」

（車乃和牠的主人幹了一架，且互告傷害

——啊，這就是孝感動天）

B

孝男買回了麵，敬獻尊前
母舉箸食之
（喔，她老人家展露歡顏）
但箸
在空中停止
慈悲的人母啊內牛滿面
她舉箸歎曰：
「噫，此亦牛母也，何忍食之？」
啊，孝順使人亢爽
但慈悲使人疲憊

C

他老師忍耐他半年
期末，將欲當之
王母娘娘在天花板浮現
誥曰：
「嗟，止，此孝男也，汝焉敢當焉。」

D

孝子再度去買麵。他騎車不闖
紅綠燈，走路靠右邊
他孝感動天
他在學校假裝尊敬他老廝
出門問候別人的老木
（雖常毆打同鞋，但文筆
極佳，曾榮獲旺旺孝親獎）
──喔，孝感動天

2015/07/30

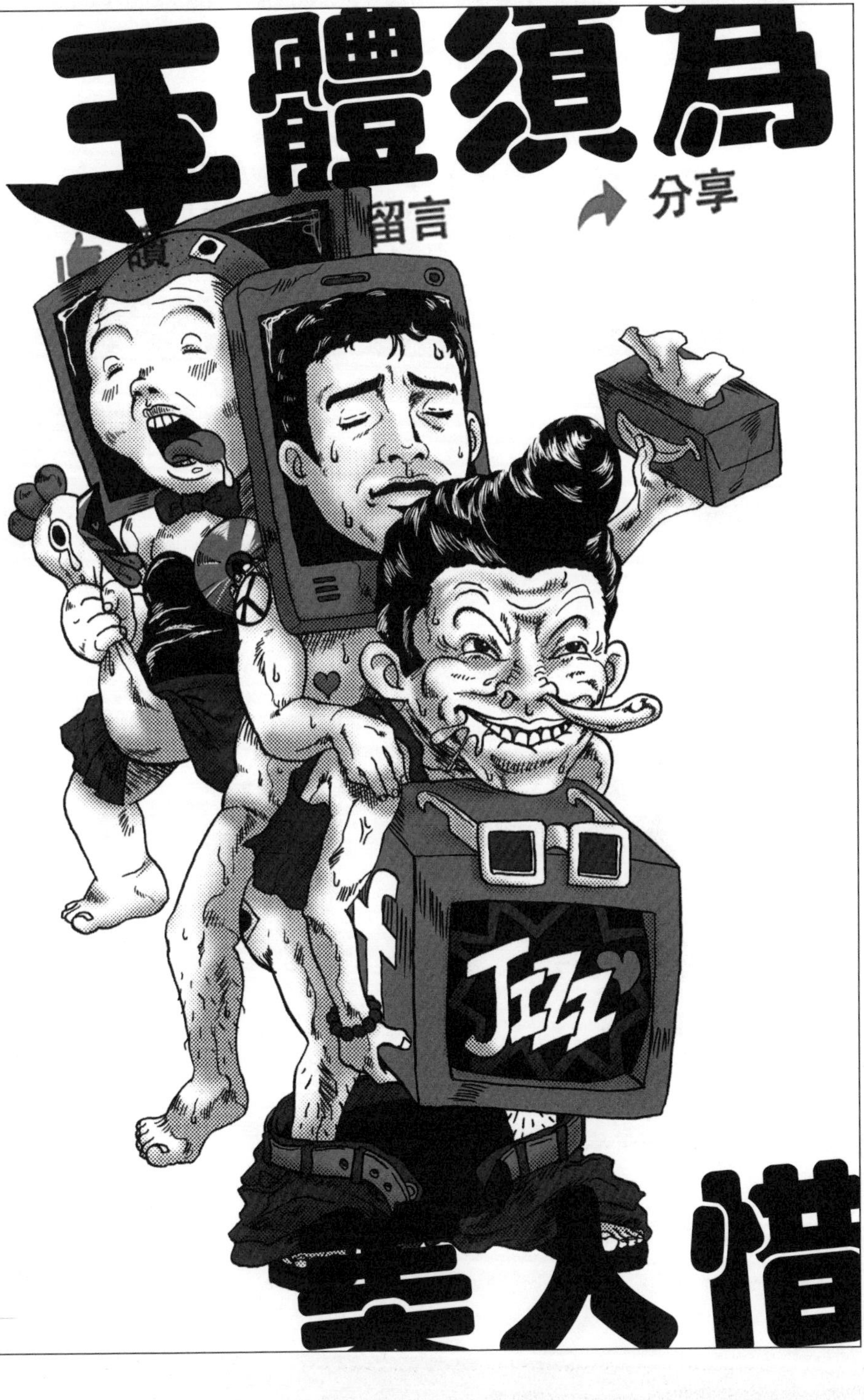
手體須
留言
分享
惜

難道
這就是愛？

你一會兒看山

一會兒看我

為什麼

你看山小

看我時卻很火大

2012/10/25

一字圖象詩

1. 某縣長的頭部 X 光片

黑

2. 三人行必有我師焉

嬲

3. 歷史之終結與最後之一人

蠱

4. 我可憐的小花盆

占

5. 牛北別怎樣走鋼索

生

6. 你的總統府，我的比中指

凸

7. 期待關東煮而顯現兩個中國

串

8. 死有輕如山姆大叔帽上之鴻毛

血

9. 兩肋一共被插了四刀

爽

10. 倒立的讀書人或飛行特技

干

11. 誰強強劈開我們的土

北

12. 出病院而為風，脫衣帽而為虫

瘋

13. 為什麼我狂摳猛摳妳都不

鵝

15. 無田世界斷頭人

介

14. 鐵窗裡的王

田

2013/08/25

宅男
詩抄 V

丹頓拜倫是我師，才如江海命如絲。

朱弦休為佳人絕，孤憤酸情欲語誰。

——蘇曼殊〈本事詩〉

1

萬物
都是
阿飄

我獨
被稱
阿宅

2

宅心
仁厚
而苦

鬼氣
森森
且甜

2013/09/29

3

我曾
糾纏
七天

老媽
只給
半千

4

誰帶
一點
靈藥

來餵
人間
病孩

宅男詩抄 VI

眾女嫉余之蛾眉兮，謠諑謂余以善淫。

……鷙鳥之不群兮，自前世而固然。

——屈原〈離騷〉

1

羨爾
三宅
一生

哀我
三生
一宅

2

房間
是我
內褲

閒人
別摸
進來

2013/10/26

3

騎兵
步兵
都好

A片
是我
離騷

4

夕陽
從東
昇起

我願
看片
到老

宅男
詩抄VII

亂曰：三寸舌，一枝筆。萬言書，萬人敵。

九天九淵少顏色，朝衣東市甘如飴。玉體須為美人惜。

——龔自珍〈行路易〉

2013/11/09

1

臨床
無人
可靠

誰來
把我
擺平

2

我欲
騎鯨
向海

無奈
如豕
在溷

3

莫羨
仙界
阿福

不愛
鬼域
胖虎

4

舉國
丟鞋
之日

自在
自宅
Ａ夢

宅男詩抄VIII

目窈窈兮，其凝其盲。耳肅肅兮，聽不聞聲。朝不日出兮，夜不見月與星。有知無知兮，為死為生。嗚呼！臣罪當誅兮，天王聖明。

——韓愈〈拘幽操〉

1

好想
出國
旅行

皇考
謂余
不行

2

上課
人形
墓碑

放學
碑形
活人

3

哀我
火眼
金睛

葬在
液晶
螢屏

4

世界
窄如
蠶繭

有身
不異
天刑

2013/11/11

傷兵名單

1

愛人啊！你是豪華的
球星；永遠在傷兵名單
你從來沒有為我揮出
任何一支安打
我仍然願意當冤大頭
靜靜看你在我這裡養傷

2013/07/02

2

愛人啊！你動用了
逃脫條款。當你重新強壯
為別人打出百轟千安
我含淚為你鼓掌
感覺自己才是永恆的傷兵

二十四歲

(2.0 版)

白色小馬（×2）的年齡。

沒有葉子的樹般的年齡。

爛掉的果實般的年齡。

蝙蝠的翅膀般的年齡。

好在啊，

小馬最愛吃有毒的荊棘，

樹可以製成無情的斧斤，

果實享受被蟲貫穿的快感，

阿蝠夜夜與阿蝠交換汁液。

T・J！你在拿坡里？

T・J！你在拿坡里？

2014/12/13

大陸派人來給我買技術

呵，「蕟」！

　　我，阿發伯，第五屆神農獎得主（李總統登輝先生親自頒發）即旗山鎮最強，最牛之一花農在最牛最強的夏天有了大感悟。因我有看到：

太陽在北

太陽花就靠北

太陽在西　　　　　　我　　　　　　太陽在東

太陽花就向西　　　　　　　　　太陽花就向東

太陽

在南

太陽花牠也就

靠

南

幹，我因此決定要發明一種香蕉。太陽在北牠指北，在南牠指南

在東指東，西就西。　我跟香蕉好話講，我唱牠們向愛聽的

歌和奶，我跟牠們搏感情我跟牠們喬了很多敗……終於

牠們都依照我的發明，乖乖指北指南指東或者指西了

呵呵。我感覺牠們不能再叫做香蕉，甚至太陽蕉

想了差不多一年我決叫牠們：「蘷」以紀念我

我老婆叫別創香蕉了我就說幹然後巴她

我孫子說我要吃那香蕉我也狠巴他

啊，我滿腦子滿腎子滿腳子滿肝子都是：蘷蘷蘷蘷蘷蘷蘷蘷蘷蘷蘷蘷

蘷蘷蘷蘷蘷蘷蘷蘷蘷蘷蘷蘷蘷蘷蘷蘷蘷蘷蘷蘷蘷蘷蘷蘷蘷蘷蘷

有人把香蕉看成向日葵啊你們笑　笑笑　笑笑笑　　　　　花≠蘷

可知世上有種向日蘷。我怒牛也怒。好在窗外開了蘷。　花≠蘷

大陸派人來給我買技術幹他們怎麼知道我的蘷明而且　　　花≠蘷

你們飛躍你們笑　我怒　牛怒　蘷怒放　　　　　　　　花≠蘷

媽祖知道我和牛知道　　　　　　　　　　　　　　　　　花≠蘷

XYZ 的故事

X

X愛著Y　　　　　深而且真

Y應該也　　　　愛著X吧

Y的黑眼　　　注視著Z

一種深情，叫X遲疑

誰真愛誰始終是

誰真愛誰，始終是謎

X常常想　　　Y是不是

別有目的　　　才來碰我

他親近我　　　或只為Z

2014/04/10

【附記】這篇作品，出於清大「基礎寫作II」課堂的相互激盪，算是我與清華中文系張為傑同學的共同創作。我先出了個題目，讓為傑寫出有XYZ三個角色的小故事，再根據他的故事重新敘述，安排語字，做為圖象故事的範例。

Y　　Z 總默默　　　　卻散發出
　　如此神妙　　　　之吸引力
　　Y 看著 X　　其愛普級
　　Y 看著 Z　其愛超級
　　　Y 啊你的心
　　　如此不可測
　　　但你的唇舌
　　　但你的唇舌
　　　淺淺接近我
　　　深深靠近他

Z　　身為 K 大首席數學家 X 的眼裡沒有
　　難題每日清晨他牽著 Y 人間絕美
　　　　　行人皆注目的
　　　　一隻棕色柴犬
　　　行過湖濱小道
　　　他愛 Y 暖洋洋
　　　愛撒驕的身體
　　　他將回報以 Z
　　　回報 Y 以滿把的 Z 芳芬可口一種
　　牛肉口味的狗食是 Y 的愛不是 X 的

恭請朱主席

競選蔣總統

霸　　　　農地一萬坪

霸　　　　你是陶淵明

霸　　霸　　超強補羣素

霸　　霸　　再拚一千年

霸　　霸　　霸　　天地沒公道

霸　　霸　　霸　　我幹幹幹啦

霸　　霸　　霸　　霸

　　　霸　　霸　　霸

　　　霸　　霸　　霸

　　　　　　霸

2015/05/11

退化誌1

在青春期裡延畢

再延畢

如果可以，請允許我

降轉到貴系之低年級

或者重讀一到三次高中

甚至初中

回到那數學不過

就留級的年代

穿上久違的

卡其衣

像一名謊報年齡的外星人

自願從小學

開始唸起

啊，如果可以

我願意落盡恥毛

恬不知恥地

進入托兒所

成為此間

最最資深的嬰孩

2015/08/11

退化誌11

由淨土

退回懈慢界

愛這華美的衣裳

和酒，愛狂縱的舞和女子的歌聲

（直到頭上花萎，腋下汗生）

重新下墮為人

編一套偽善的課本

教你始終儒醫，忙著矯正別人

退位為阿修羅

五慾熾熱，為愛

八界狂走。恨時放火殺人

退化為畜生

飽時就交配。餓了，就呻濆

退位為餓鬼

受這無邊的匱乏

死一般的疼

只等普渡那天

吃你媽的旺旺仙貝和阿Q桶麵

痴頑無救，永永不超生

2015/08/11

地球乃一凶宅

【附記】瘂弦有句云：「地球乃一凶宅，變成羊的終將被吃掉。」

死過的，總比活著的多
天天都是六月的哥哥
除卻吃素的
誰不是凶手

（我夢見我是一朵花椰菜，吃素的正在吃我）

誰家的冰箱不是某種
意義的墳場
誰的生活不帶血腥
誰沒喝過一些白刃黑槍，誰不是死了或死著

你是否曾在某個鬼日子愛上一個自私鬼
當時以為他很神
後來才發現
愛情乃是一樁雙向謀殺案，死者即凶手

2015/08/15

凌晨與狗的密談

夜色退後，萬物清點所得

惟狗與我一無所有

我說我讀了洪邁的夷堅志

依稀記得一些鬼故事

狗說牠去過月球

帶回當地名產：一無所有

無字生羞，有字結仇

愧對遠方微涼的山坡

2015/08/30

腦滿腸肥錄

我要給我的大腦減肥,每夜
牠逡巡於書架竊取人間
之奧祕,如一栗鼠。乃歸於
我的頭蓋骨,晝伏不出
惟令我打開臉書,狂啵猛啵
一些阿不啵也不會死的詩
今天我發現牠更肥了。腐敗
顢頇,排出大量無用的
靈感。我乃用一頂帽子箍住
自己的頭顱,阻止牠再去偷
你家的栗子。餓牠三天
令自己坐井觀天,一字不出
此事雖有小成,但我發現:
大腦減了一點肥,我的心
卻逐日胖起來……

2015/08/30

甘娜賽

遠方多霧地帶住著性感女孩甘娜賽

她霧一般的歌聲揚起甘娜賽

我總記得她芬芳的名字甘娜賽

有時願意有時忘了說愛甘娜賽

我曾苦思無解為何我看她時甘娜賽

沒有肉慾只有禪悅（才怪）甘娜賽

因為她說萬物繁華終於甘娜賽

啊，她是我的女神我的上師甘娜賽

2015/08/30

開學樂

105學年第1學期

開學了，俺乙乙然游向學校
校長在校門口迎接，甲甲的
老師丙丙然伸出雙臂勾搭俺
俺只好丁丁地笑著說：泥豪

黑板上己己，俺的眼睛戊戊
同學們坐著，好像呆頭辛辛
俺書包裡的手機已調成震動
還是庚庚庚庚響，在誘惑俺

啊，壬壬都監介的看著壬壬
只有老師在台上，癸癸碎碎

【附記】楊牧在《一首詩的完成》（紀錄片）中，略謂：「假如我願意，我可以拯救這些字於水深火熱之中……，例如用乙乙二字形容蛇游過來的樣子。」小子不敏，頗願效之，但似乎沒救活什麼，反而害死了一些。

2015/08/3

十二生肖
練習曲

偶的唇偶的小屁股都 🐭 於你
像最 🐮 的釘子戶，釘在你心深處
請接受偶的 🐯 爛（爛到生香）
從黎明 🐰 黃昏，從夢寐 🐰 夢醒

喔，你 🐲 了嗎？請聆聽
偶的 🐍 頭流出的蜜語甜言
像無 🐴 的好片，值六顆星
你的眼睛怎忍 🐑 長而去？

啊，🐵 塞雷的愛輪喲！
偶的身體充滿神奇的 🐔 關
如 🐶 你來，就會全部打開
你 🐷 不 🐷 道，不 🐷 道？

2015/09/07

在昔日我學會詠誦聖詩的平凡的地方
總有些枇杷生長。風琴像一頭
虛弱的，帶著血氣與靈的，多愁的獸
在小園內之一教堂，盡其在我地叫喊
我因而認識了神，和神布置在我
體內的弓與弦，與它們即將送出的箭

多少年了，我愛且射傷過多少別人？
童年的枇杷總是無中生有，由綠轉黃
且由衷地變甜。當時，我所得無多
除卻性與死與神。「⋯⋯在人是不能
在神凡事都能。」多少年了，當我重重
一病。尤記得十字架與枇杷的小園

是我來
且即將回去的地方。

2015/09/20

【附記】借方思詩句「在昔日我學會詠誦聖詩的平凡的地方」起興。

致先驅

I

像一匹貪得無厭的狼

我是詩的掠奪者

你過早離席的詩的先驅哦，請來悲傷——

你寫過的詩就要成為我的。我將掠奪

像你的夢魘，你的孽子，你的反面不斷抵臨你過早放棄的風格

你不爽也罷，最好不看，你的詩將在我的詩裡找到錯誤的迴響

鳩將比鵲更熟悉牠的巢（和卵）

我將掠奪你年少的發明，你的才華，你的家

我不能容忍你拋棄你沒有寫完的程式或詩，我不能容忍

你不當一個始終的詩人，而去當什麼（比方說）鳥圖書館的館長

彷彿我忘恩負義，奪人妻女——

其實我在替人民照顧資產：啊，每一個漢奸都是不得已

所以，我將轉身說：瑪麗安！

讓我接替老去的詩人，繼續呼喊你的名字……

II

去找你的先驅的麻煩，使他不爽
去併購他留下的公司，叫他悔悟
我們寫詩，像狼，在曠野中搜尋飄移的血絲
鷹在空中巡視幼雛。我們敏於撕裂消化重組
詩人無祖國，我播下的文字要獲取兩倍乃至三倍以上的意義的
滋息，情感的利潤。為了下一首詩，我不惜蹂躪我敬愛的詩人

和他留下的詩。狼每天都在做好事
牠替死去的楊喚叔叔寫小弟弟的詩
牠替牠體內的兔子們哭那三十年前沒哭完的事
費爾巴哈說：「狼就是牠所吃的。」
啊，作為詩人。是我讀過的一切詩
組成了我，是我曾經傷害的人撫摸我、塑造我、滋養我

先驅者給與我者如是之多，我何以回報？
與他合夥種些葡萄且用葡萄藤將他纏繞……

2015/09/20

悲傷十二種

「昨夜星辰昨夜風，畫樓西畔桂堂東。」

——李義山

碩鼠碩鼠

堵在你必經的巷口，從 1 鼠到 10

偶的眼睛的鈑金

遂被撞貓了

內牛滿面

你牛鈴般的笑聲，叫醒偶內心

的牲口。金夜

偶內牛滿面

捨身餵虎

在萬獸競走的草原上，如果你找不到
一塊小鮮肉。偶願捐軀
安虎你

絞兔三哭

這樣表白，藍到你還不明白？
好吧偶把偶的心拍下來
放到 you 兔 be

龍情密意

請快來，快來打烊前的酒館找偶
（巷口停車尚有空位）
O, 偶 am so 龍 ly。

窮追不蛇

麥攔蛇啊啦～。烤肉架已架好了

偶已備好偶的醬。請趕快

備好「你的肉」

似馬難追

厚，哩馬幫幫忙

明明就你的美撂倒了偶

卻說是偶用偶的阿達將自己擊傷

奇羊難耐

自從你回眸（對把郎）傳染了一個笑

偶的心就長出無數疹子

這裡羊，那裡也羊

認真生猴

猴到老，偶要學到老
每天正正經經唱著：
姑娘的酒窩，消肖。姑娘的酒窩，消肖。

戮你萬雞

像專業的屠宰戶，顫抖著深情的手
進雞腔腸，掏出
牠們的哀傷

不狗言笑

認真地對待每一次重量級的傷害
即使哀了一整天，偶依然
一絲不狗

還豬天地

天地不接受，又把牠還偶——

偶仍挺著一顆豬頭

看阿飄過

2015/09/25

【附記】去年中秋，小樓西畔，桂堂之東，盡三公（牛豬雞）將焦未焦之味，余頗生兔死狐悲之感。想昨夜星辰為之黯，昨夜清風為之散，遂以三公自況，作濫情詩三則，欲足成地支之數而不果。噫，一年容易又中秋，花好月圓，壯志靡爛，而無邊焦風，得無再起乎。念舉國之人又將共謀燒炭之業矣，當窗憂思不眠，卮言夜湧如泉，遂完此篇云爾哉！

我要檢舉一頭蛛蜘

牠一直 tag 我

剛才牠

又路過我的書桌（沒說對不起）

叼走我苦織的靈感

轉為八卦

恬不知恥地，在牆腳展覽

牠猙獰，他姓唬

牠喊民主

而且牠沒穿衣服

我要檢舉我的手，牠不應該
顫抖。在我命令牠
揮出致命一擊之剎那
（我不是指殺了蛛蜘啦）
牠居然去握我超級恨的人的手
害我的腦
差點因抗議而退出我的頭

我要檢舉按讚的人
牠們到處留情

【附記】不知道為什麼，我的研究室還蠻多小小蛛蜘的。三不五時就銜枚疾走，奔赴遠方神祕的戰場。

十二生・肖想曲

萬一這輩子追不到你，也沒關係

我願十二生

肖想你

如 🐭，肖想玉米橫陳的倉庫

如 🐮，肖想嫩草

如 🐯，肖想最美的羚羊和牠好有力的大腿

如 🐰，肖想多汁的蘿蔔

如 🐲，肖想在厚厚的雲層裡吞吐一顆珠

如 🐍，肖想滑膩的蛙

如 🐴，肖想騎士的屁股來騎牠三天兩夜

如 🐑，肖想牧者的鞭打與愛撫

如 🐵，肖想仙桃

如 🐔，肖想肥滋滋的雞母蟲（牠好白喔）

如 🐶，肖想寶露寶露寶露

如 🐷，肖想潰

如果，啊，如果肖想得到的話

我雖是八點檔小生

也願意

為你十二度演出可愛的畜牲

2015/12/26

開學樂

🐁🐁 紅包裡的錢

我心甜甜

🐂🐂 捏捏地走到學校

天色如悼

校長以 🐅🐅 的步子踢翻了我幸福的童年

有夠殘忍

我的心是一隻活蹦亂跳的 🐇🐇

掉入陷阱

老師在講台上 🐉🐉🐉🐉 的轟炸我幼小的心靈

民不聊生

時針分針和秒針，都 🐍🐍 走著

人神共憤

我 🐎🐎 說我不能再做媽寶了

（我又沒有）

叫著我，叫著我，手機在書包叫得我心 🐑🐑

一直撞牆

人類 🐑🐑 的，為什麼要花明學校？

（真是有病）

想到這裡，我 🐔🐔 乎乎怒了

這時老師

走過來，假笑，然後對我 🐘🐘 纏。哎，教室像

一杯珍奶

我只是一顆烏黑的，沒救的 🐑🐑

2016/02/14

愚人

愚人如我，每日勞作

為世界注入一個或更多愚行

（我讀書，我耕耘，我殺戮，我呻吟：因為我愚蠢）

我總是用火熱的眼睛看著鐘面上的薄冰

像天生淳良（才怪）的白熊苦苦追索

幼獸在冰下喘息的聲音

（啊，我與牠們爹娘無仇，歎身上總有殺戮的動因）

在最最美好的時刻

施予致命的一擊

你知道虎豹為什麼酷愛羚羊的血腥嗎

（牠們何嘗不想戒葷

歎有兒當養，有胃難平，惟殺止餓 ，惟肉止恨）

哎

你就會知道：我有多麼愚蠢

2015/11/08

工具人

讓我成為你的人
你的工具
你呼之即來、用過即丟的工具人

當你視野之右外野，需要一隻恐龍奔走
小小的蜥蜴呀，願為你而膨脹
假裝是沒有痛覺的巨獸：飛撲，跳接，撞牆
即使折斷手腳，跌入七星坑
也要接住你要我接住的那顆，火燙的慧星

人世間忽然的傷害，無言的垃圾時間，都由我頂替
一壘的疙瘩我來踏，二游間的子彈我來接
在珍珠鳥茶、大腸包小腸與台南棺材板之間
都由我代跑
（該頭部滑壘時，我斷頭無悔）
（該頂撞裁判時，我不怕翻黑）
如果你要，我願意是那隻愚蠢的吉祥物
或一支整地的九齒釘耙
一顆可憐（其實有點可愛）的滾地球

殺蜜，你要我成為一顆死沒人愛的界外球

飛出場外，越遠越好？

2015/11/17

先醬囉
881

汝先醬回去乖乖孵化美好的悲哀

俺也會三天兩頭祝汝愉快

別老怪山坡那麼斜

也別怪神明無事

愛發獃

麻啊仔，若螢螢

俺會烙狼來打，來愛或來拜

今天的事

對殺瞇狼，攏麥共

（活的留下來，死的拖去埋）

（真的自己用，假的就網拍）

千年之內

俺必予汝一個膠帶

2015/12/03

奈安捏

【披頭四體】

You say why and I say I don't know, oh no.
You say goodbye and I say hello.

哇供
來愛
哩供
甲賽

哇供
龍 ly
哩供
ki 夕

哇供
哩賀
哩供
881

哇供
奈也
奈也
奈也
安捏

哩供
哇奈
哇奈
哇奈
也栽

哇供
悲哀
哩供
麥哀

2015/12/03

有哈味的抒情詩

已戀愛。像貓

發願戒魚，一整個禮拜

吃哈密瓜和拔辣

閉門造那個，唉！

房間是薔薇和紫羅蘭的保溫杯

時間：花海

小日子

有亮點、有洋蔥而且有哈味

（有些人喜歡有些人不喜歡）

吃了以後

誰還記得波浪與塵埃

　　　　波浪與塵埃

　　　　　波浪與塵埃

消防車在街上呼嘯一千回

別讓他們救我——

嗶嗶。已戀愛

神啊，讓我和世界一起變壞

2015/12/06

弟弟呀

我們的弟弟周夢蝶

像一個遲緩兒

還沒學會我們的

動作和語言

默默在房間之一角

如開了九十年的

曇花。內裡包著

你所不知道的薔薇

他是我們的弟弟

文弱些，瘦小些

雪總下在他的頭上

在他肚子裡

他獨享一整串酷冬

在春晴的時光

他是我們大家的

最老最純的弟弟

太陽的白鬚拂過
路人，也拂過弟弟
秋蟬藏在某大師
華貴的袍裡也藏在
弟弟的心裡
但別人的，都好甜
只有我們的弟弟
養的是老廢
叫出苦苦的好音

弟弟需要一個姐姐
的關心，他使所有
姐姐（和哥哥）
得到奇怪的平靜
弟弟哭時，我們安心
但我們的弟弟
好會忍情。他的悟
是苦，自由是禁錮
他的深情是無聲

2015/12/17

弟弟呀，我們比你
更強，更聰明一些
更善於做各種
翻滾，嚎叫或假裝
哀悼。喔，弟弟
當世界無比年輕時
　你為何這麼老？
當世界太過懂事時
　你為何這麼小？

冬至時到湯圓來看我

冬至時
　　請到湯圓
　　　　來看我

我沒說的
　　都請芝麻
　　　　替我說

他心軟
　　他饒舌
　　　　他上火

久煮不爛
　　暖暖Ｑ甜
　　　　那樣的
　　　　　　我

2015/12/22

示愛

像一個迷妹迷弟
站在你詩集的棚子下尖叫
學你那樣做，那樣跳
喔，今夜，讓我告訴你一個祕密

最愛的詩人是你
裝腔作勢囊剝萬，擁有
一百付面具。宇宙大腦中的鬼火
飄過甜甜的滋長著無數乳房的墳場
那麼年輕時已寫光了
我四十八歲的靈感
你使那些耗盡一生氣力、時間、腦汁與
情感去寫詩的，像在耍猴戲
且以星爆式的能量，證明「天才即王道」
而準時上下班的，都是唐捐

你玲瓏，你委蛇，你是詩的狐兼儒

人格破時，你是最好的詩人

人格修好了，你只是好人

我不挺愛你，但願意對你的詩集

發誓：最愛的詩人

是你

2015/12/23

仙人跳

【試用「蓮的聯想」體】

笑拈菊花，從一則鬼故事裡走來
　　你說：來，來愛。我只是
默默閃開。看，林背又不是阿呆

但你的體香像阿伯用盡一生誠意
　　去烤的香腸，攻打著感官
推倒了城牆。　誰能不舉旗投降

我雖然沒有假裝冬眠，不怕一旦
　　醒來。但居然，熊熊冬眠了
吸著奶嘴，儲存足夠的愛與趴袋

啊你終於如預言中，鬼一般的來
　　捲了款與愛，鬼一般的
去了嗎？林良卡好，林背是阿呆

2016/01/02

黑手
觀音

2016/01/05

手，無所不在──

（仁慈的千手觀音，每觀到不淨不純之音

　　就會伸出眾手中的其中一手

　　將它抹平）

祂從床邊之牆出來，借走你的腦袋

像個勤勞的浣衣婦，按時收走

污濁的靈魂，再還給你

還給你一個純淨

可愛的豬頭

祂喜歡照顧人

喜歡為你的白日夢蓋上黑布袋。

祂熱心檢疫你的「心」和牠親生的兒子們

（啊，各式各樣的心情）是否病了

祂總在眾人稍稍分心之際

隨時伸出來

拿走一個或更多舌頭需要矯正的人

祂拿我們的朋友，再從遠方傳回一張有禮貌的借據

大的
藍玫瑰

火星曾有七個海，

　　全都送給了水星。

　　（海是星球的玫瑰，至高的愛）

水星不懂得珍惜，

　　又轉送給地球，從此一去無回。

　　（哎，你知道，被愛的總是另有所愛）

地球啊地球，

　　每天假惺惺地在宇宙中尋找海。

　　（誰不知道，牠獨佔了宇宙最大的玫瑰）

2016/01/06

沒救的跟

👍 讚　💬 留言　➡ 分享

裝病的

今夜三千圓，終於花完

座中十二人，都是耶穌

沒救的老愛跟裝病的一起喝酒

有的機靈，有的能變魔術，有的善於笑且哭

那人實在太壞了，好在無知

這酒或許太苦，好在無毒

你能否想像，一桌共享八十一種悲傷

我就能解釋，十八瓶酒只有一盎司孤獨

爛書七種，其曰可讀

所謂神人，是之謂乎

2015/09/28

辣妹

騎著羅馬的馬去追，點著希蠟的蠟去照
馬蹄香時花已殘，蠟淚封住
燭的腳：有病無藥，這時你還笑
雨裡的中秋是為我準備的嗎
回覆我，用 Line，辣妹

今夜德意志也將崩潰，騰有葡萄牙
將檸檬咀嚼。淡淡的粉香
來自蚱蜢一樣的襯衫，但那不是你的味
最猛的是無頭蒼蠅和無頭騎士
（他們多情寡歡，且有苦練的
小腿，結實而美）
假如你不肯被一千磅的黃色炸藥引燃
封鎖我，用連下七天的雨，辣妹

最苦的是鐵窗，最甜的是澳門
你若香港我舢舨
喔，辣妹
馬疲矣，燭光滅，知你仍可追

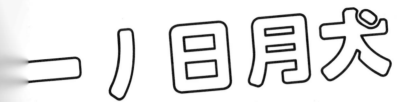

這厥字，昔倉頡造作明鑑。將日子，安之在四陰之間。

上橫陰，下月陰左撇右犬。這就是，嘯天犬明月食嚱。

看透澈，二郎恨生第三眼。生厭想，救五濫苦海無邊。

——二郎真君，《三眼秘笈》

I. 我看透了

誰都衣冠楚楚，在廟堂之間

誰都一絲不掛，在第三眼前

啊，我恰巧看透了你的羊頭豹子膽看透了

你的虛情甲意乙知識丙操行丁丁的銀笑靨

我恰巧看透了她的金馬甲紅內褲柔嫩的皮與毛

我從小看透了別人的考卷，看透了華麗的格言

包裹著無窮的規訓（與腐味）

天下多賊，人間無謎

我總是不小心勘破了地獄即工廠，專門生產Ａ片

我踹翻了十三經裡的呷郎呷郎呷郎

我參透了命運：一切總歸是滄海月明，藍田生煙

上邪，這是神祕的榮寵嗎，還是刑罰無邊

請給我七堵八堵更多堵鐵壁銅牆

請醫療我受傷的想像（啊一隻可憐的白兔）

還給我美好的目盲

我不要看穿！

II. 神犬吠日

我看穿了馬甲而生大歡喜，淫心深熾

我看穿了委蛇而生大悲慨，殺意微起

好在神給我第三眼，也給我一ノ日月犬
——牠惡臭了金錢（在我豪奪以前）
牠枯骨了這玉體橫陳（在我痴迷之間）
牠名曰「厭」，厭財厭權厭美厭色厭
我的十八王公，我的忠犬，我的致良知配件
「一」是地平線，藏無限的人慾在下面
「ノ」的狼牙彎刀，斬你紅顏多情白眼邪念
（我們的鬼日子在中間）
今晚的月光分外明亮，無物不見
啊，聖孝欽端佑康頤昭豫壽恭欽獻莊嚴一隻犬

上邪，這是神祕的榮寵嗎，還是刑罰無數
請撤去這七嘴八舌的看門牲畜
請救救我尚未死透的慾望（啊皮包骨的餓虎）
還給我多汁的野豬
我不要領悟！

【附記】或問詩意，曰：遠效乎狂人日記，近取諸鄉野鸞書；假勸世書，真洩憤文。以開悟始，以執迷終；痴頑自喜，如是而已！

2015/09/30

不說
了

橘無言，是橘的驕傲
湖豐滿，是湖給世界的哀愁
天空口味的記憶是你野薄荷的笑
請別聽我說什麼，愛你
何必讓你知道

去吧！去吧！
把機車的火星塞拔掉
使牠空有性能，而不能揚耀
說來也不可惜，啊，牠想載你牠知道

2015/10/03

家暴一種

【無論誰人看了怎樣拾此字條者 請毋報警】

多少年了

半夜裡，我總被自己的靈感叫醒

逼臨一斗室之燈下

混著激情

與乎微微鞭疼

在紙上反覆表露對他的忠誠

（安眠的鄰居喲，你有沒聽到踉蹌掙扎的聲音？）

啊，難道這就是所謂

詩的霸凌

2015/10/03

阿，讓我成為我們的狄倫

時間：不

　　　是

　　　我們的

敵人（牠給予的比奪去的，只少一些）

　　牠有，粗魯的臂膀（三隻），剛正不凹的臉皮

　　　　　　一顆

　　　　　　　　電子製的心

　　　　　　　　　（流銀色的

　　　　　　　　　　　　血

　　　　　　　　　　　的電子心）

牠掰開

　　且進入我

　　在瓜果膨脹、魑魅升級的

　　秋日的好黃昏。牠脅迫我

　　　　　　自動進入（啊，我剛接到教育召集令）

　　　　　　我恨的

　　　　　　　老人之行列（成為暴力團的新人）

　　　　　愧我並無貢獻，聊以增進世界之平均年齡

　　　　　　　順便降低其操行

　　　　　　　　使牠再老一點

　　　　　　　　　更壞一些

　　　　　更似乎爾等（幹，鬼島的年輕人）之狄倫

2015/10/2

哀悼是我的責任

哀悼是我的責任

而死，歸於他們

穿著舉止的失誤，動心起意之準與否

人間賢不肖，用情之專與博

白目或黑心：決斷在神

哀悼在我，每日保養悼父之身

迫切讀書，彷彿明天就要焚書坑儒

（古久國的小儒啊，誰沒被坑個一次兩次）

放縱六根，像即將被切到一根不剩

連株九族，像暴露狂那樣高談良心

別通知快樂的人，且叫彼等繼續快樂而愚蠢

別通知智慧之人，且叫彼等常常聰明而冷靜

靠杯在我，靠暮亦在我，笑罵由他人

【附記】《禮記·問喪》：「親始死，雞斯徒跣，扱上衽，交手哭。惻怛之心，痛疾之意：傷腎、乾肝、焦肺。水漿不入口，三日不舉火，故鄰里為之糜粥以飲食之。夫悲哀在中，故形變於外也。痛疾在心，故口不甘味，身不安美也。」

2015/10/3~

將死之人（含該與不該）只須

盡心去實踐各自的性

仍然善待各自的肉（吃好，睡好）

選一個溫馴的夜或美豐儀的黃昏，完成天命

子謂唐捐曰：道者，悼也

讓我們繼續看下去

那些樂活之人

無頭像者頌

2015/10/31

無頭像的假人喲

你為何不斷，對我發出交友邀請

（逐之復來，刪了又生，世尊云：假人亦有佛性）

像死追學妹的學長，驅不盡的魂

設我前世為目蓮，為黃巢

則尊頭，必是被我的深情大刀所砍

所以此世糾纏，硬要成為我的好友至親

（我聽到天際不斷悲鳴：還我頭來，還我頭來）

要我反覆被標記，要我熟知，且購買你們的商品

喔，你或你們，一批無頭像的資本亡魂

一個不滅的黨

來吧，我都接受

我深知：我的才能，我的交友廣闊，我的手辣心狠

向來應惹鬼近身

憂國

千魔蕩蕩賊氛盛，哀帝八年血月紅，

自我王師南渡後，老夫七次哭祖宗。

2015/11/01

在亡國前夕的酒館夜集
我們撫摩帶血的胸膛
寫篇黑白集
忽忽有了逐臣遺民浪人一樣的心緒

像一群穿山甲堅難地，脫掉彼此的甲衣
從此再也無國可愛，無枝可棲
（我們都是自己的紅花崗，無肉可葬，且葬傳單）
壯烈地（第 N 次）抱在一起
那些可恥的蛇啊，怎能說：亡一次國就像蛻一次皮

哎，少年深愛亡國樂
隔桌猛打屁

國小是我們的傲驕

在其中閱讀，遊戲且笑

因而成為這樣的人和心

一輩子有著小的爽快，任性，奧妙

同學，你畢業吧

出社會以後

也別鳥那些國大代表。只為我們有國

小小

2015/11/04

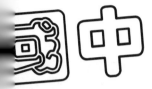

年過三十，誰不是亡國奴

四十未死，怎還能替自己作主

秋月微涼是遺民心事

只有翻開紀念冊

（坐在白磁馬的王座上）

一再追想

那時在國中，啊，在青春白爛據地稱雄的

國中

2015/11/04

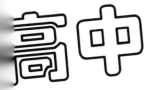

高中

我在高級中，學到主義與色情
卻在低級中認識了詩
（學校北側的天龍寺
是我度化自己的地方）

那些年，我愛讀的書是死沒人愛的七等生
和能夠使弱者變出強棒的
成人漫畫
實驗人形奧斯卡
最粗也是最假一個，自卑自欺自爽的青春

我因此在每個夜裡變身
一個以笑當哭
以聲色和暴力為起點，而歸於慈愛

2015/11/05
的詩人

漢朝有文景之治，唐朝有貞觀之治，林背有太宰治

瞅，自從讀了太宰治

我差點不治——

落日揮金如糞土，那些正事兒越幹越不充實，世界無為而治

我的馬居然無病而死，我的眼無事而哭，我的病也無藥可治

無聊Ａ世界，男兒Ａ悲哀，命運Ａ創治

漢朝有文景之治，唐朝有貞觀之治

喔，林背有太宰治

（不然一定早早去死）

噫，去死

是多麼豪華而有趣的事

去試，失敗了，再試，越試就越堅持

（但到哪去找個女人，與我綁在一起死）

（到哪去找一種死，可以與它約會一百次）

最近這陣子

我在白天唸著太宰治，在夜裡唸著太宰治，唸到快要不治

　　　　　　　　（因為每天都被我太太宰治）

太宰治，太宰治

命運之太宰啊為何戞阮來創治

為瞎瞇，為瞎瞇

好想好想寫一首好傻好廢好虛無的捲舌詩

寫出來以後，我想

我就會活得好快樂，好充實，雖然有一點點可恥

2016/01/28

【附記】此詩係聽了 my little airport〈失落沮喪歌〉而生的衍辭。

古調

噢，青春。神武英明早逝的君王

（豪取百城，一身是膽）

我是你的遺孀

在我最美而你最強的時刻

被你捕獲

在幻妙的宮殿園囿

度過金色時光

我始終記得豪邁的手輕觸我胸膛……

君王恩寵深

妾難忘，妾難忘，妾難忘

2015/11/06

我用一生去等待謊言

母親臨去前

告誡我：越美的女人，越像是謊言

（啊，她以全部的氣息美美地為我示範了一遍）

三十年來，我總渴望著遭遇

一個（或更多）美到

令人顫抖的

謊言

（我曾在午夜的街頭，喃喃祈求，那個誰啊誰快來狠狠的騙我）

哎，或許

我太善良了

神不忍相害。我想我一生聽到的，都是實話

2016/01/06

去年你交友 536 人

去過 11 座城

被強迫拉進 27 個你並不愛的社團

貼了 338 則廢文，平均每則獲取 101 人的假意與真情

不肯點擊廣告

　　（惟有 32 次生菩提心，受到清涼照片的吸引）

輕易接受交友邀請

　　（接受了以後，有 43 次立刻刪掉或封鎖這個人）

偶然打些不痛不癢的小遊戲

　　（你反應遲鈍，從未得高分）

恭喜你，你是大數據裡極微小但不無可取的一部分

根據總部對你的診斷──

你健康

　　你快樂

　　　　你閒閒

　　　　　　你慈悲

　　　　　　　　且有病

2016/01/12

網友魯迅印象記

I	II	III	IV	V
我和 網友 魯迅	聯手 黑特 世界	他的 頭像 超酷	我總 學他 啵文	舉國 無人 知我
每日 遠端 互訊	堅決 爆卦 他人	彷彿 瞪破 人心	惟添 一點 笑聲	隔空 一對 鄉民

2016/01/12

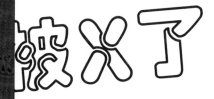

被X了

不自願的被出生

不自願的被死亡

——白萩〈天空〉

自從被那個以後，我不再做什麼

惟任多情的世界不斷

做著我

清晨，我被起床，且被上班

我的唇舌被搖出一些好話

我的心被榨出一些好感，我被寫詩

被愛，被恨，被道歉

被自首，被失踪

2016/01/23

在偉大的國度裡

我是唯一的子女，擁有那麼多家長

他們安排我的動心起意

（喜怒哀樂之未發謂之中，發而皆中節

謂之國）

他們安排我的行止坐臥

用緜緜的教化，安排我那樣說

當我不爽時，經過愛撫，我就被爽了

除了瓢蟲

誰能理解嫖客的傷心

牠背負了七顆痣

人道是

好色、貪財、多災獄、少田宅

天殺、情迷、爛人生

今夜又有些無情特快車過站不停

今夜有些炭，想用幻想

將自己漂白

而不能

今夜或有一隻瓢蟲在葵花的內裡

（牠想要磨掉自己的黑色素）

葵花說：別醬啦

你的點點點點點點點

雖叫做缺憾，也叫做花紋

2016/01/27

存在感

死並不可怕⋯⋯，默默的死是人間最悲苦的事。

——魯迅

寂寞的機械狼
在午夜的街頭刷牠的存在感

廢人貼出廢文
再一次與渣弟渣妹們爭光

我存在，因為歌，因為愛
我不在，因為你忘記林背還在

像鬼，刷了七次悠遊卡而不響
去哪，做啥，都不被阻擋

2016/01/28

鳥我吧，地球人！
為了存在，我又更新了我的近況

乘坦克車離去

2016/01/28

敗北以後

我要去當裝甲兵

把自己

裝進一個有履帶（最好也有 WI-FI ）的愚蠢的鐵器　　　　轟轟

密密的沒有消息，比鐵粉還鐵的，死沒人愛的鐵器　　　　轟轟

輾過鄉間柏油道

一步一咬痕，十步一射擊

轟隆轟隆轟隆的離開你離開你

挺一支傻傻的沒有悲喜的凶器

假裝自己不在乎。假裝強硬

假裝自己是：此間最後的裝甲兵

在密密的鐵器裡流淚，不讓世人看到我帶賽的表情

誰若笑我　　我就開砲　　誰不笑我　　我就開砲　　誰為我哭

　　我就開砲　　誰不哭哭　　我就開砲　　你若太爽　　我就輾你

　　　　　　　　　　　　　　　　　　你若不爽

　　　　　　　　　　　　　　　　　　我也輾你

　　誰若笑我　　我就開砲　　誰不笑我　　我就開砲　　誰為我哭

我就開砲　　誰不哭哭　　我就開砲（怎樣　　不然你打我啊）

小賤人

A

小賤人，把妳的血給我吧！
來生，我還要，和你，對幹
（從馬路戰到網路，從牙床戰到河床）
　（從太平洋戰到得意洋洋）
　　（彷彿有再造之恩，不共戴天之讎）
　　（為什越戰妳就越美，而我越醜）

是的，沒有一種笑是肉作的
是的，沒有一塊肉不是美牛
是的，沒有一頭牛不會痛痛
是的，沒有一種痛不來自妳
小賤人，我就要這種力道
　　（我喜歡妳還手）

妳那曾被稱為瀑布的秀髮
　現在有人叫做拖把
妳那曾被稱為甘蔗的小腿
　現在有人叫做蘿蔔
妳那曾被稱為溫柔的小手
　現在有人叫做粗殘
小賤人，把我的血給你吧！

B

小賤人，今夜星星都閉上眼睛
我有個新名字，也叫小賤人
在卑賤的年代高貴的戰場
（啊，床）我們澈夜舉劍
談什麼都好，千萬別跟我談心

小賤人，狠狠地糟蹋我們自己吧
高貴的，終於會淪為高賽
讓鑲金的笑繼續鑲金
讓第一名的人繼續第一名
今夜，我只愛妳肉作的唇和眼和臀
小賤人，打我，將我打回原形

C

2016/02/01

小賤人，幫我。我像一隻
猴子，陷在葫蘆裡
因找不到自己的手和腳和鳥而傷心
小賤人，請狠狠地
用雕刀喊出我肉裡的那一隻

附錄：【現代詩選讀】期末考考題

1. 是的，沒有一種笑是（　　）的──周夢蝶
（A）鑲金（B）石製（C）肉作（D）冰鎮（E）鐵打

2. 來生，我還要／和／你／（　　）──夐虹
（A）結婚（B）做愛（C）為敵（D）對幹（E）相伴

3. 你那曾被稱為雪的眸子／現有人叫做／（　　）──洛夫
（A）屁（B）煙（C）牛（D）我（E）仙

4. 小（　　），把妳的名字給我吧──瘂弦
（A）學妹（B）母親（C）瑪莉（D）寶貝（E）賤人

5. 一塊（　　）已被囚禁／在一條魚的形象裡──白萩
（A）岩石（B）魚眼（C）魚鱗（D）命運（E）愚蠢

6. 你用雕刀／（　　）／萬物的位置──洛夫
（A）打造（B）離開（C）說出（D）切割（E）討論

白老鼠

A

打電話給白老鼠
告訴牠：你不能死
那麼，牠雖死了
也不會那麼痛苦
燒些飼料給牠
唸一種麻醉的經
使牠地下無知

B

用肉做成的工具
因為體質像你
而可以代替
牠是一小部分
的耶穌
牠為你而畸形
痙攣且哭哭

C

給牠很重的病
給牠或許
能吃的藥
給牠一段奇情
死前讓牠知道
交配的歡好
（這就是人道）

D

從牠身上你將
了悟，哪一種
方法可以
取悅你老師
（死神或愛神）
而哪一種
又僅僅是當掉

E

打電話給白老鼠
謝謝牠這些年來
為你談的戀愛
為你讀的書
告訴牠，你喜歡
牠的疼痛和死

F

愛上同一個魔女
修同一門課
吃同一款
減肥藥，找上
同一個爛老師

學長學長你是
我的白老鼠

2016/02/24

小哀歌

你不能分享的睡眠

跟死一樣甜

我每日化作恬不知恥的蟻類

偷搬一點點

（在遠遠的山寨裡，我和我和我，默默重構了一個你）

自從你不見了

摩肩接轂的世界啊悄無人煙

我還是美

但美得好倉皇，好疲倦

2016/03/08

鄉民
代表

我認識一個鄉民

他經常放下鋤頭

聽遠方的叫罵聲

他想繼續耕作

（那是他的副業）

卻被遠方的格鬥技

深深吸引

他終將圍過去看

（這是他的主業）

看眾人打趴一人

（或者反過來）

然後說：

幹，沒事，走了走了

他將（假裝）拾起鋤頭

等待下一次

有人扁人

2016/03/0

我也有一條

人命

能死的人命——

何其有幸，我也有

一條。春天的時候

把它（我的人命）

攤在陽光和雨

的山坡上，聽地鼠

左右奔竄。我就

深深感到擁有人命

的快樂與哀愁——

多麼像雨中之樹

應當微微顫抖

人命，能死而暫
未死的人命，何其
不幸，我也有一條
夏天的時候，陪魚
棄置在太陽踴躍
的河床，同唱
充滿腐味的歌謠
一不小心就有了
淚和笑。因為人命
（半死而不死的）
我也有一條。後果
自負，事不關人

秋天的時候
我搬出捨不得丟的
老棉被，在吝嗇
的陽光下，向世人
展示自己還有⋯⋯
那時條條都已成熟
且腐爛。樹們正以
落葉

　　　啊，落

　　　　葉

霸凌著大地——
我就廢然躺在
魚肚白的天空下
對它說：你要嗎？
我也有一條

2016/04/19

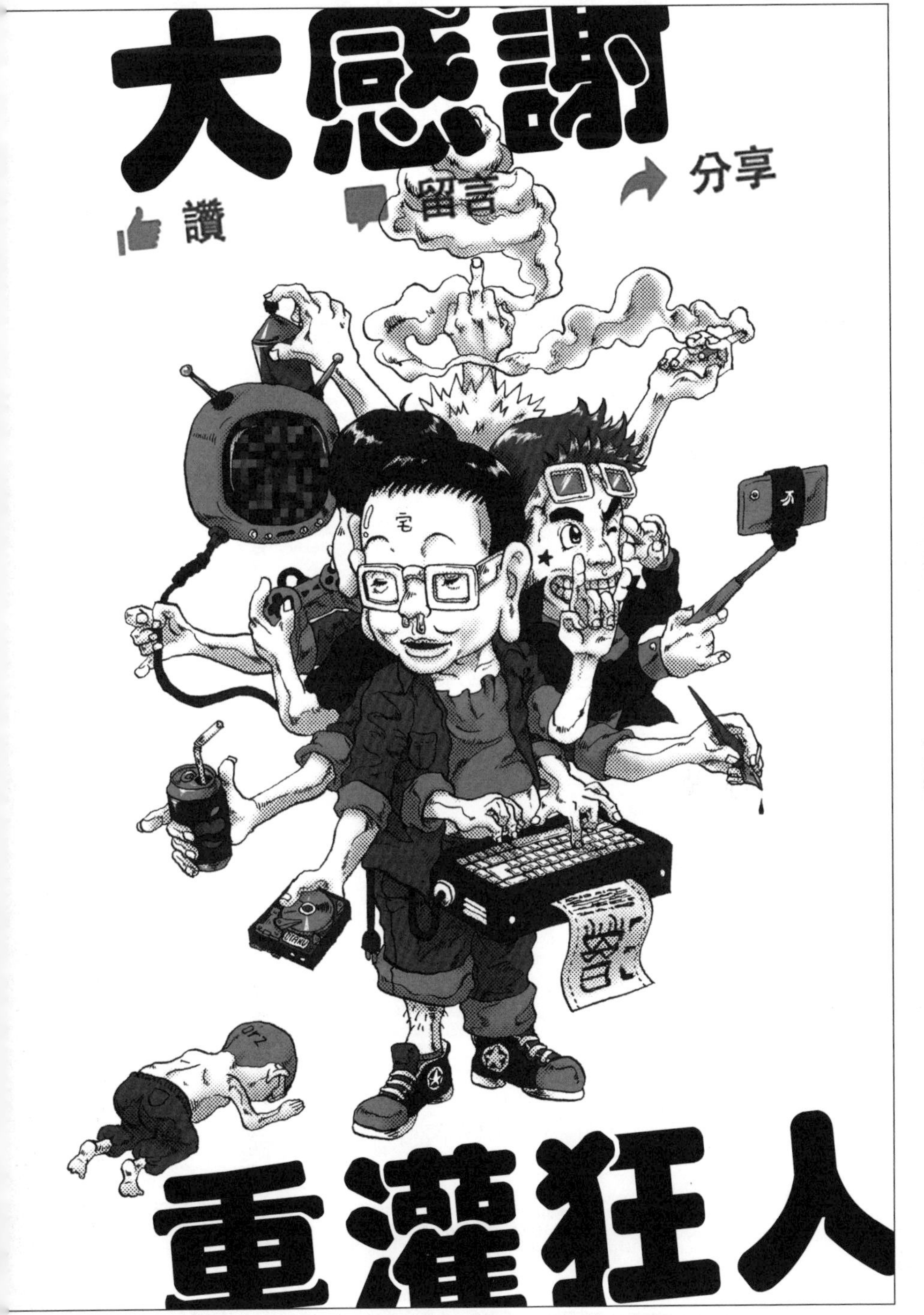
大感謝
讚
留言
分享
宅
orz
重灌狂人

鐵男
一號

A

笑鐵面
哭時，天地真晴朗
他愛的人正和她愛的人
到清境農場看綿羊（咩咩咩～～）

笑鐵面
不知如何抒發自己
的悲傷。只好參加一個
食品加工廠，用力灌香腸

啊，男兒一等傷心事：
灌香腸，灌到滿，灌到斷
——不然咧，
　　　你說說看！

B

流浪到厄瓜多
盜採石油（但那裡並沒有）
只有些蠢到爆的駝牛
化妝成先知，跟我說：哞哞哞

流浪到厄瓜多
找一個無人省識的角落
卸下鐵面，淚如毛毛雨（默默的下）

用整個北半球的陽光
烤問我，我也不說

叫整個南極洲的企鵝
央求我，我也不說

C

媽，我回來了
打過怪（並且如怪那樣
被打過）的鐵男一號，回來了

（別問我要做什麼？）

當眾人萬福金安，那樣假掰的活
我願全力扮演恐龍
默默走過

2016/04/23

魯蛇世家

俺是魯二代

在心的祕處，收藏著俺爹被魯過的傷害

　　在地球的課堂上，反覆被當

　　　　（～啊～）

　　遭受天地的霸凌，一日千敗

俺繼承祖宗十八代，洪荒以來，被魯了

又魯的悲哀

2016/04/24

甕中廢孩

歸於酒甕，像個病孩──
凝定於一姿態。那樣老廢
且生嫩，熱愛自己停在
十四歲的骨骸
──在書房，酒甕一樣
的書房，讀書，寫字
分泌一些些感慨。就有了
蛇在穴裡的悲哀，與痛快

2016/04/24

短褲黨人抒情謠

A

去年的秋收暴動
我們漸漸膨脹
的痛。統治者
凝在鐵鑄的笑臉裡
發出神一般的
啟示。短褲黨人
默默穿上長褲
潛回各自的莊園
用（假裝）幸福
的表情，裏住
一顆受傷的
幼犢般哀哀的心

B

在莊園。啊！
錘鍊心性的
鐵工廠。我看到
潛伏的短褲黨人
逐一上繳他們那些
歪七扭八的心
讓笑鐵面們，用力
燙平上面的皺紋
──我看到他們
各自領回一顆
塗滿了祖宗教訓
的心。齊聲鼓掌：
看惡人（喔，合法
而得體的惡）
肥肥壯壯走上廣場

C

這是衣冠
楚楚的年代。有人
迫我進入同尺寸
的衣著、禮貌與愛
這是制服崇拜的
年代，他們有法典
和鐵。我們垂垂
如狗，各人
銜著各人的悲哀

這是沐猴
而冠的年代。我是
其中最美、最弱小
的一隻。經歷了
九次失敗，深深
了悟：我期待的
革命。今夜，明夜
永永不會來

2016/05/07

D

夜裡穿著心愛的
短褲，默默上床
想著遠遠的他方
還有許多黨人
和我一樣剪掉褲管
露出各式各樣
的小腿，有的多毛
有的白淨，有的
像牛那樣粗野——
喔，短褲黨萬歲
失敗，而且美！

Stoppage Time

2016/05/07

他們病時去輸血，我輸咖啡

 一樣無助

 且呼救

他們逐一轉紅而我變黑

他們弱時去加油，我加咖啡

 一樣無力

 且掙扎

他們向前奔馳而我後退

咖啡，咖啡

 你是我

往內流的淚

我為何退出貴社團

別把我加入寫詩的社團
　喔，再大的才
　都一文不值
假如你拉著別人來分享

幸福的長輩圖，搞怪的
　文青樣。我
　　拒絕成為
小小鴨，在鴨群裡取暖

所以今夜，我要把我
　從我們中剔除
　　因為不能分享的
最寶貴。啊，那是孤獨

【附記】常常被「同好們」加入一些神奇的詩人社團，每不忍辭。但近來老看到這個或那個怪咖徹底佔領一塊地，在裡面大演其獨角秀，旁若無人，自嗨自爽。如要看狂人，我家又不是沒有鏡子，我看你個假貨損什麼捏。

2016/05/07

下邪

我欲與君翻臉

彷彿君父城邦裡最受寵愛的少年

退出所屬的星座

（啊，莫須有的繼承權）

收拾小包袱

跟隨中邪的野狗，走向牠該去的地方

下邪

我欲使君斷線

還君一桶小鋼珠和 306 張

神奇寶貝戰鬥卡（喔，我雞雞敷敷「雙淚垂」）

還君超合金的血肉

和華貴的骨頭

還君 5000 年道統和苦修而來的 148 個學分

（在 13 姨與 13 經之間

我選擇「青蛙撞奶」）

——像即將落成的瞎拼摸偶，打掉重蓋

（只因為發現了血肉深處輻射污染的愛）

下邪

我欲與君絕緣

電腦手機裡永不相見

（在馬路上偶然遭遇，不在此限）

柱柱姐再選一遍、兩遍且當選

乃敢與君合

上邪

(一個公共財的概念)

我在墓仔埔,朗誦一首粉棒粉棒粉棒粉棒粉棒的尸

並且說:

啊,J洗上邪

哇哩咧,居然有九百九十九個人舉手

2016/05/18

【附記】據說「邪」讀如「耶」。

靠北臺灣

【附記】讀《花火時代》第二十六期「靠北文化」專題，有感。

在南八舍
把囊巴調到最蘇糊的位置

選一個靠北的窗
把大腦調成北七北七北七的模式

啊，沒人敢講的，林背來講
（不能露出的心呀今夜，何妨大大露出）

說你老師的壞話，說你的痴心妄想
爆那些假仙的料，翻他祖宗的舊帳

我阿公有給我講：
「呆丸就賜浪假掰底人搞壞 Der。」

只有靠北
能救台灣

2016/05/22

叫楊牧
來說

1

我夢見上帝
叫楊牧來跟我說
（帶著他的 14 本詩集）
說醬：啊，你
寫得勉強還可以啦
但「惡趣味」怕是太多

2

短春長夏，我抱著地球悲哀
讀不下去也寫不出來
整天像派大星，把嘴張開
啊，要我不耍廢
也可以啦
你回去，叫楊牧來跟我說

3

楊牧的詩集不能代表
楊牧。楊牧的粉專小廝
也不能。我有時想
連他的身分證、印章
也不能。有什麼事
叫楊牧來跟我說，謝謝

4

哇，楊牧先生剛剛
打電話進來（才怪）
說你別鬧了，詩集裡
我已說得夠多。不然
你唐損到底要怎樣？

5

說真的，我是覺得
我的詩雖沒有楊牧好
但比他好看啦，柯柯
哪位同學不服氣的話
叫楊牧來跟我說

（逃～）

2016/06/08

我年輕的閹人

2016/07/10

惟我聖唐，於今損矣

有國八代，有身五十年，有病三十種

你看，豪華後宮，無盡的春夢

像偉大的藏書家

忽焉目盲。像滔滔不絕

的倫理家，竟爾失貞

巡行於古老的文學院迴廊

念列祖厚德，先皇遺澤

和你老師梵音清澈的笑容

明明是大好山河

我因何覺得

積欠的比擁有的還多

恥辱比榮光要久

啊，我因何有了

兒皇帝一樣的柔美與悲哀

後宮三千，哲人其痿

她們說我只是一個長於深宮婦人之手

殺雞不能的老小孩

我年輕的閹人

我的愛，我的痛，你懂不懂

重灌
狂人

不信正咩喚不回，

不容Ｄ槽盡成灰。

泣血

大鳴謝

你是民族救星

漂ノ男子的燈塔：

喔，重灌狂人。助我找回

生命Ｄ槽裡失落的

靈魂。我因而記起來了

（像舊型機器人忽然

取得新型的軟體）

春江花月夜

淒迷樓頭

酒池，肉林，十三經

狎興生疏的黃昏

（像失智的智慧老人

回到初戀的溫泉鄉）

未滿十八歲就出門遠行

九死無回，上下而求索

——啊，部部驚心

那些美好的

瞬間，延續與推演——

我和我不為人知的身體綯褶

所以

我大鳴謝

像被赦免的罪人

自願重回自己的罪

像被醫好的病人

自願再犯自己的病

且在萬邦宣揚

朝夕誦讚：

人間種種失落者，請來！

腦之各區殘敗者，請來！

脫軌壞軌無軌者，請來！

來找悲智圓滿的重灌狂人

灌你灌我灌他

澡雪精神

2016/07/12

去吧，

讚　留言　分享

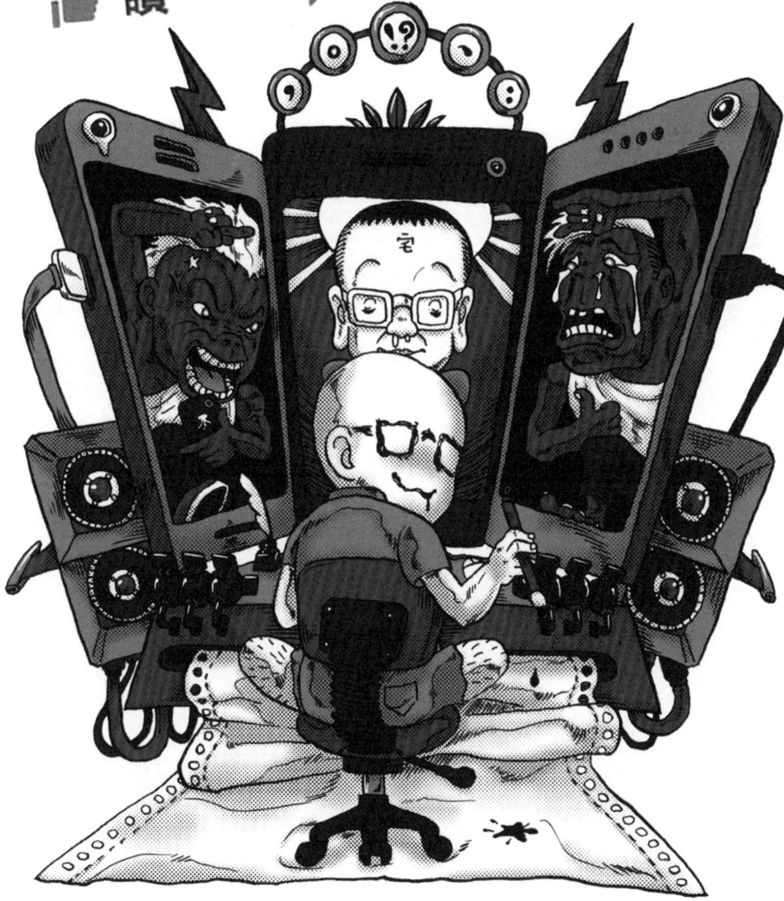

超唐捐社

紀念鄭聖勳（1978-2016）

A

有一種渴，使我登上蛋樓

遇見你，噢，歌酒方酣

的王子，最新品種的

動物－機械－人。永遠

像是剛從大西洋衝浪歸來

帶著微醉的陽光，和海──

但我聽到，一種細微的

情感的齒輪，在你的內裡

運行。我看見囉，有些

幻燈與投影在電漿裡流行

──還有吉他，歌，鬼點子

無窮的魅影，專屬於蛋樓

專屬於下個世紀，是神

好心提前，分享給我們

B

你我曾在 7-11 討論

如何打造一本，啊，最酷

的詩集。你買了一瓶啤酒

我喝可樂（我有請客嗎？）

在被我煩得要死之後

居然還有下一本。我們

曾經打造一份電子報

在裡面留下知識，廢話和笑

為了報答你在我的新書

發表會胡鬧，呵呵，唱什麼

因為瘋的緣故。幾個月前

我為你的詩集站台，聽你

展演一種粉紅色的少女心

且遞給我一杯酒。你說：

「我完全知道，自己的詩

出了什麼問題。」然後

你笑，我也笑了

C

蝸樓上的王子，朋友們

（瘋的殘的太閒的來亂的）

都說：「我們的聖勳！」

你到遠遠的異鄉另一座

蝸樓，去研發新的趣味

與憂鬱（還有知識）

而這裡，陽光，酒以及

吉他，麥克風，最新而

奇怪的動漫，好聽的歌

都準備好了——

朋友們（瘋的殘的太閒的

來亂的哀悼失敗的

正常的以及恍然

若失的）都靜靜在等

超唐捐社

我的肉身是一棟出租公寓

常住著一些別人──

當我說「您好」

裡面的唐損就伸出九齒釘鈀來K人，且說「你老師卡好」

在憤怒升起來的日午

林背恰好

找不到滅火器

住在G點的美艷唐娟就說：來，達令，我們來抒情

當我擺出詩佛孬樣

你湯馬的湯馬肆就唱著那首廣受好評的「四無雞蛋」歌：

　　　東邊無雞蛋，西邊無雞蛋

　　　南邊無雞蛋，北邊無雞蛋

　　　世界真烤貝，俺肆無忌憚

當我覺得

自己好大好有才

被我壓著的朱弱星就升起來，說

啊，你（或者我）只是巨大夜幕裡一個小小的破綻

　　　（看著天上的星，我忘記爬在臉上的淚痕）

畸人誌

1

畸人Ｇ有七個性器，或在前
或在後。或隱於下
或露乎上；或如獸，如電機
或為肉製而多汁
每於春夏秋冬，皆病苦
惶惶不終日

某大師見而憐之
日治其一
七日而畸人死

2

畸人族有畸人性，丟到地獄裡
旋轉再旋轉也甩不掉的畸人性
九教（含淚）共滅之——
餘黨三十八子在人群中潛伏，有的打鐵
有的賣笑，有的成為你老師
或你兒子

3

畸人 F 為神巫
雄而雌，藥且毒，笑如哭
牠治療那些人性的，太人性的病
（天地平和如許，而他暴怒）

眾病反噬其身
畸人淪為人

2016/03/27

致幽靈

喔，幽靈

別對我發出交友邀請

別撩撥我像結石的膀胱那樣無辜的春心

我媽有在講，交友

要謹慎

沒有真情，就不要亂碰別人

雖然我愛上了

妳娟麗無雙，空中回眸的幽靈照

深願找個蓮花叢

與妳各道相思，略述生平

但我也學過

無上甚深微妙法

略知「看花看影不留痕」的道理

雖然我愛上了

妳的家世不詳（跟我一樣），妳的故作隱晦（跟我一樣）

妳的神出鬼沒（跟我一樣），妳的頑艷動人（跟我一樣）

妳的好用偽照、虛情、假名

（馬的，又跟我一樣）

我愛上了

妳假面騎士般的自哀自慚與堅忍

（啊，我也是假面黨的失聯黨員）

我更愛上了

妳永不衰歇的精神

才刪了妳的 3 號 4 號 5 號追求信

你就又使用 7 號 8 號 9 號美嬌顏來將我誘引

（啊，我怎能無動於這緜緜的深情）

但我，哎，也是幽靈

應當找個真正的「人」

來吸納血氣，表述深情

怎好再結交妳，敗壞妳，耽誤妳

——忘了我，

　　忘了我，

　　　忘了我吧。

　　　　喔，幽靈！

【附記】《聊齋誌異》：「少時，一美人撥蓮花而入，則晚霞也。相見驚喜，各道相思，略述生平。遂以石壓荷蓋，令側，雅可幛蔽，又匀鋪蓮瓣而藉之，忻與狎寢，既訂後約，日以夕陽為候，乃別。」

2016/04/01

番石榴頌

A

啊，上帝，祢是最好的農友

不斷用嶄新的技術

改良我

用生猛的愛恨：一種有機肥料

教導我，催促我

使我今天結出和昨天不一樣

的番石榴

B

砍掉我的手，接上陌生人的

拿掉我的幸福，給我病

（痛到彎腰的病）

再給我有效或無效的藥

我知道

每一顆番石榴

都是番石榴樹晚近體悟的總和

2016/04/03

C

別用農藥保護我。我要領受

無明的蟲豸無情的囓咬

我是大的番石榴，甜的番石榴

醜得那麼驕傲的番石榴

我將不為市場和市場裡的太太

而存在

我來，只為了證明

喔，上帝，祢是最好的農友

喔，大聖，把我打回原形

用你那一根

降千魔，挺天立地，伸縮自如的

定海神針

銷毀我一千年的痴心妄想、假掰與修行

給我當頭棒喝，不要留情

（啊，我已厭倦了，那樣辛苦的做人）

了結我衣冠禽獸

的生涯

裸現我多汁多毛多愛恨的本質

壓我，按我，降服我的獸身

用你沁著汗水的指掌

2016/04/

卍字固定技

詩人的媽：「是兒要當嘔出心乃已爾！」
——李義山〈李長吉小傳〉

心像過動兒，不肯放過平和的夜
牠（啊，我那籠中小獸般的心）
不斷生出犬牙的詩句，彷彿要拆掉世界
乃已，彷彿要補完天的漏洞
乃已，唉，是兒嘔心乃已
這時，快快，快使用卍字固定技

叫他們送擔架來吧
用卍字固定技，固定是兒騷動的肢體
解剖他的腦，看看他的靈感
為何多如牛毛
（喔，一日七首，還不住手）
塞住他的九竅
叫他不要流淌有害的汁液
哼哼哈嘻，快使用卍字固定技

啊，心，當我的心
像政大搖搖哥
也許有害於這清潔的街道，美好的夜
請快來，快使用卍字固定技
綁架牠（我的心），把牠強制就醫

2016/04/03

浪子操

I

浪子 ZeYang 老矣
對他活過的
老地球，忽然
有一種驚奇
像遠來的外星人
（放棄超能力）
新歸化為地球公民
至此，乃了悟：
啊，「逝者如斯」
的道理。他睜開
孩童般假裝無辜
的雙眼，看煙火
衝自我們的 101
看街上走過
啊，向誰示威的
破少年，爛少女

II

浪子 ZeYang 衰矣
他不像昨日的昨日
以前，那麼臭屁
不是不敢，而是
不能。他已經花了
大半之大半
他老爹給的白花花
的青春銀兩
哀哀想著老爹
有沒有在家張開
無情多金
的雙臂

III

浪子 ZeYang 悔矣
毀了以後才發現
自己，啊，自己
不能不對自己
更認真或更懷疑
啊，老世界裡
的新台客——
漂浪江湖，浸泡於
溫泉鄉的吉他聲
用 70 年代的老歌
沖洗他自己
他本是
1970 年代的親生兒
被過繼給現在
啊，這個暴發的世紀
他想他親娘，但他
——哇哈哈，回不去

2016/04/03

黃金
歲月

2016/04/06

I

那些疲憊的日子，醉酒
靠杯，不知為什麼
就對地球狂吼，不知
為什麼就流淚的那些
原來是黃金歲月。那些
叫人坐立難安
像一個犯下滔天大罪
的惡寇，逃到遠方
一小鎮，隱名，易容
大把支用犯罪所得的
歲月，原來是黃金歲月

II

虛偽，全世界的紙幣
都是虛偽（大家
說好了的，一種虛偽）
無罪了以後我也無淚
幸福以來，我漸枯萎──
啊，晚近十年的日子
都是紙幣（送到巴拿馬
運河洗過，再送回來的
紙幣。）不是
我當初單槍匹馬劫來的
沉甸甸的黃金歲月

狂發猛貼
大封鎖

偉哉上帝，祢是宇宙最強的臉友
每日狂發猛貼，每夜狂刪大封鎖

上一波主打櫻花，我們按讚，祢刪了——
這一波主打杜鵑，還沒看爽，祢又有動作

祢曾在許多年前，檢舉並搞掉一位
叫恐龍的老臉友，啊，請別醬對我

那些不信祢的，別給他加好友
但祢不妨打開他們追踪的權限

2016/04/08

久坐

【關鍵詞：辦公室、糖尿病、腰痠背痛、心臟病、抒情詩】

「先說結論，久坐很不健康，但絕對抒情。」——胡大哥

「冬夜夜寒覺夜長，沉吟久坐坐北堂。」——李白

「細數落花因坐久，緩尋芳草得歸遲。」——王安石

A

久坐

是禍。除非

廟裡的佛，沒有坐骨

神經。沒有多糖的腎

衰弱的心，或兩顆漸漸膨脹的膀胱

但久坐

也是菩薩行。無悔地

把自己餵給椅子，任牠

（一匹貪得無厭卻假裝溫柔多情的獸）

啊，傷害我。剜腦為燈，餵虎以肉

B

久坐

是愁。每坐

1hr 就損了 22min 的年壽

死神就會興沖沖

加你為好友

但久坐

也是孺子牛。盡情地

為他們的〔哈〕和〔嗚〕和〔讚〕而勞作

（這妖魅的視窗是我犁不盡的田園）

啊，騎上我。七大危機，百種煩憂

C

久坐

是傷害

自我。像吸菸，像喝酒

像從鵝鑾鼻一路飆到貓鼻頭

像奉旨填詞柳三變一路從京師嫖到江南

久坐是慢性自殺

啊，抒情詩人

最善於傷害自我。要是他不幹些

更危險更費力的勾當，只好

哎，在這裡

久坐

捐變損

2016/04/08

「肙」嫌自己太矮——
他用力拄著左邊一根鐵拐兒
跳上小板凳
天真的，笑了

（啊，捐變損了！捐變損了！捐變損了）

但是，好奇怪
捐和損看起來，居然
一樣矮。為什麼？天啊，為什麼！

後記

1

　　月娘蹲在我的窗口，據說那是牠 85 年來最肥美的樣子。

　　去年夏天，我離開盤桓九年的清華，來到台大。時光未必十分清閒，奇怪的是：我的腦神經常常被詩所漲滿，如螃蟹的卵巢。我從小喜愛錘字鍊句，不十分看重多產的詩人。曾幾何時，我竟淪落至此，彷彿以「寫」，向世界索討著什麼。天地終將過去，「詩」也不能例外。那麼，去吧，一百隻新生的小螃蟹。

2

　　或謂我的詩學偏狹，若不調節，遲早會無以為繼⋯⋯。狹者，俠也。漆雕氏之儒，不膚撓，不目逃。你能拿他怎樣？實則我又十分寬頻、好學、兼愛──曾遊地下一千米，願御天邊萬里風。雖然我的知識技能有限，不能盡知各種奧祕。詠歎與反諷，典雅與俚俗，我總是充滿熱忱的去試驗各種文體。而那些以雅正自居者，未必就懂得偏鋒的旨趣。

3

　　抒情亦是面具。你說甲公多麼任真，乙公多麼忠愛，但那也就是他們選擇穿戴的。你或反問：難道一切都僅是「面」的，而無關乎「心」嗎？不然，心與面的辯證，正是詩學的奧妙。（「心」之擇「面」，豈皆自縊，有時也是「不得不」呀。）這幾年來，我躲在「網友唐損」

裡面，有所自蔽，有所媚俗，但也因此取得了一些（刻意追求與額外獲贈的）聲口、感動與力量。

4

有人把詩寫在雲上水上，有人寫在報紙，而我寫在鐵板上。不知什麼時候開始，「近期動態」成了我的稿紙。在意念發動的三分鐘後，你就讀到了；在它定稿以前，你就參與了。因為草稿初成，即按發布，然後不斷啟動編修功能。（像一個鐵板燒師傅，刷刷刷，讓人看到炒的過程；然後叭的一聲，把熱騰騰的詩放在你的面前。）有時弄到草稿與定稿，除了題目，居然無一字相同。

5

年輕時看《去吧，稻中桌球社》，乃知啥叫宇宙開發級的白爛，差點就被那樣卑劣冥頑誘引而去呀。好在我也是擁有近乎全套洪範叢書的人，有買且有看，不致為惡俗所「誤」，呵呵。應該這麼講，把我們的心養成有點白爛的樣子，再重新回去讀正典、讀洪範叢書、讀義理辭章考據，那就會有一種開外掛的快感。

6

天下樂事，過則成悔。我常在想，龔定盦明明就很會，為何屢次「戒」詩呢。有時我狂寫猛啵，並感到惘然，也就理解了「戒詩－破戒」的底蘊了。就像魯迅說的：「當我沉默著的時候，我感到充實；我將開口，同時感到空虛。」哀哉我等何以放著充實不幹，而去尋求空虛呢。有一回定盦立志戒詩，但過不久因事莫愜，乃「怒而破戒」，

寫出一首傑作〈能令公少年行〉。啊，憂懼而戒，怒而破戒，吾非斯人之徒而誰與！

7

我做什麼事都慢，惟近日寫詩稍快。許多事都能忍，惟靈感來時不能。詩有德也，即興寄與境界；詩有色也，即意象與聲響。天下紛紛，誰能德色雙全。夫子說的好：「吾未見好德如好色者。」我於詩學，層次未高，不過是一個好色者……。有道是：讀詩論詩狂寫詩，餘事問我我不知。

8

我讀許壽裳的《亡友魯迅印象記》，總覺得書名出了怪招，蓋「亡友」二字近乎贅辭。這本書也就常保哀悼之意，把魯公凝在「亡友」的形象裡。我自年少愛讀魯集，常以之為接洽古書與回應當代的榜樣，近來尤覺得其中蘊有豐富的理論資源。但古墓派渣妹說得好，魯公乃酸文大師，還能耍「廢」。身為他的網友，我享受著，與他互動的感覺。

9

我的臉書詩以笑鬧為主，別無所求，一心只想衝高 😄 的數量。但每隔一陣子，都要寫一首真正的抒情詩。這是我的大曲球，雖不常用，卻是少棒以來的看家本領……，沒事常常偷練的。我的啟蒙教練有給我講：「你一定要懂得配球啦，快慢搭配，縱橫交替，迷幻他們的眼睛。」

10
　　你如何鍛鍊自己的摩羅詩力？

　　「多誦菩提語，多受溫柔敦厚之教，多聞老者言。」

　　你如何強化自己的臺灣現代性？

　　「愛讀古籍。」

　　你因何擁有源源不絕的破壞／創造衝動！

　　「你知道我什麼系的嗎？」

　　　　　　　　　　　　（二〇一六年十一月于龍淵刀割泥室）

👍 讚　　💬 留言　　➤ 分享

一人出版社

國家圖書館出版品預行編目（CIP）資料

網友唐捐印象記：臺客情調詩 / 唐捐作. --
初版. -- 臺北市：一人, 2016.12
192 面；14.8×21 公分

ISBN 978-986-92781-2-6（平裝）

851.486　　　105022654

網友唐捐印象記：臺客情調詩

作　　者｜唐捐
編　　輯｜劉霽
插　　畫｜施東宜
美術設計｜蘇品銓

出　　版｜一人出版社
地　　址｜臺北市南京東路一段二十五號十樓之四
電　　話｜(02)25372497
傳　　真｜(02)25374409
網　　址｜Alonepublishing.blogspot.com
信　　箱｜Alonepublishing@gmail.com

總 經 銷｜聯合發行股份有限公司
電　　話｜(02)2917-8022
傳　　真｜(02)2915-6275

2016 年 12 月　初版

I S B N｜978-986-92781-2-6
定　　價｜新台幣 320 元